Comentarios de los niños para
Mary Pope Osborne, autora de la colección
"La casa del árbol".

¡Cielos! Tu imaginación es única. —Adam W.

Adoro tus libros. Si dejas de escribir, sentiré que he perdido a mi mejor amigo. —Ben M.

Creo que la verdadera Morgana le Fay eres tú. En tus libros nunca falta la magia. —Erica Y.

Un día, estaba muy aburrida y no sabía qué leer. Agarré uno de tus libros, leí un párrafo y me pareció interesante. Sin darme cuenta, llegué hasta la última página. Y leí más y más, hasta leer todos tus libros. Espero que escribas muchos libros más. —Danai K.

Siempre leo tus libros una y otra vez, ya los he leído cuatro veces. —Yuan C.

Eres la mejor autora del mundo, mi preferida. Adoro tus libros. Leo todo el tiempo, en todos lados. Mi mamá no lo puede creer. —Ellen C.

Espero que sigas con esta colección durante toda tu vida, te seguiré hasta el fin. —Riki H.

Los bibliotecarios y los maestros también adoran los libros de "La casa del árbol".

A través de tus libros, con mis alumnos podemos viajar a lugares y épocas lejanas, ¡muchas gracias! Tu colección me ha dado la oportunidad de utilizar videos, libros y material adicional en mis clases.
—J. Cameron

Me alegra mucho ver a mis alumnos de cuarto grado tan involucrados con tus libros. He hecho de todo para que se interesen por la lectura, con tu colección, lo he logrado. —C. Rutz

Descubrí tus libros el año pasado. ¡Cielos, nuestros alumnos se han vuelto locos con tus aventuras! ¡Las copias que pido nunca son suficientes! ¡Gracias por hacer tanto por la literatura infantil! —C. Kendziora

Descubrí tu colección cuando mi hijo trajo uno de tus libros a casa. Desde entonces, los he llevado a mis clases y todos mis alumnos se han enamorado de tus aventuras. Ahora todos me piden que dediquemos más tiempo a la lectura que a cualquier otra actividad. Tus historias me han ayudado a conquistar a los lectores más reacios. —M. Payne

Me fascina aprovechar los libros de La casa del árbol. *Me sirven de trampolín para enseñar otros temas.*
—R. Gale

Disfrutamos de tus libros durante todo el año. A menudo, visitamos tu página en Internet para buscar más información y localizamos los lugares de tus aventuras en el mapa. Mis alumnos "meten la cuchara" en las partes claves de cada historia. Me agrada que ellos pidan los libros y se entusiasmen cuando llega uno nuevo. —J. Korinek

Nuestros alumnos tienen la "fiebre" de La casa del árbol. *Casi nunca se encuentran en la biblioteca porque los alumnos los sacan todo el tiempo.* —J. Rafferty

Tus libros son un verdadero pasaporte al placer de los niños por la lectura. ¡Gracias por crear una obra tan fantástica! —S. Smith

Los alumnos de cuarto grado han llegado a esconder los libros de La casa del árbol *en la biblioteca para que estén allí cuando quieran sacarlos.* —K. Mortensen

Los libros de La casa del árbol *nunca están en los estantes de la biblioteca. Siempre están en poder de mis alumnos. ¡Gracias por crear una colección tan maravillosa!* —K. Mahoney

Queridos lectores:

   Cuando terminé La casa del árbol #22, Guerra Revolucionaria en miércoles, se me ocurrió escribir sobre la época de los pioneros que poblaron la pradera de la frontera. Como siempre hago, fui a investigar a la biblioteca, donde leí mucho sobre el tema. Hasta que, un día, encontré una colección de textos con testimonios sobre mujeres que vivieron en la frontera de Kansas, a fines del siglo XIX.

   Cuando leí sobre un tornado que avanzaba en dirección a una escuela de la pradera, me emocioné. Siempre había querido escribir sobre tornados, así que sólo tuve que situar mi nuevo libro en una escuela de la pradera. Ahora iba a poder combinar las dos ideas y llevarlas a la vida real.

   Espero que disfruten el viaje hacia la frontera de Kansas junto con Annie y Jack. Pero cuando el viento empiece a soplar, ¡tengan cuidado!

   Les desea lo mejor,

Tornado en martes

Por Mary Pope Osborne

Ilustrado por Sal Murdocca
Traducido por Marcela Brovelli

LECTORUM
PUBLICATIONS, INC.

Para Peter Boyce, que le encanta leer sobre tornados

TORNADO EN MARTES

Spanish translation © 2011 by Lectorum Publications, Inc.
Originally published in English under the title

TWISTER ON TUESDAY
Text copyright © 2001 by Mary Pope Osborne
Illustrations copyright © 2001 by Sal Murdocca
This translation published by arrangement with Random House Children's Books,
a division of Random House, Inc.

MAGIC TREE HOUSE ®
Is a registered trademark of Mary Pope Osborne, used under license.

ISBN 978-1-933032-71-9

Printed in the U.S.A.

10 9 8 7 6 5 4 3 2 1

ÍNDICE

Prólogo

Un día de verano, en el bosque de Frog Creek, Pensilvania, apareció una misteriosa casa de madera en la copa de un árbol.

Jack, un niño de ocho años y Annie, su hermana, de siete, subieron a la pequeña casa. Cuando entraron se encontraron con un montón de libros.

Muy pronto, Annie y Jack descubrieron que la casa era mágica. En ella podían viajar a cualquier lugar. Sólo tenían que señalar el lugar en uno de los libros y pedir el deseo de llegar hasta allí.

Con el tiempo, Annie y Jack descubren que la casa del árbol pertenece a Morgana le Fay, una bibliotecaria encantada de Camelot, el antiguo reino del Rey Arturo. Morgana viaja a través del tiempo y el espacio en busca de libros.

En los libros #5 al 8 de *La casa del árbol* Annie y Jack ayudan a Morgana a liberarse de un hechizo. En los libros #9 al 12, resuelven cuatro antiguos acertijos y se convierten en Maestros Bibliotecarios.

En los libros #13 al 16 Annie y Jack rescatan cuatro historias antiguas antes de que se perdieran para siempre.

En los libros #17 al 20 Annie y Jack liberan de un hechizo a un pequeño y misterioso perro.

En los libros #21 al 24 Annie y Jack se encuentran con un nuevo desafío. Deben encontrar cuatro escritos especiales para que Morgana pueda salvar al reino de Camelot. Y ahora, están a punto de partir en busca del tercer escrito…

1

¡Martes!

Jack abrió los ojos. La luz del sol entró por la ventana.

—*¡Hoy es martes!* —susurró. Según la nota de Morgana, él y Annie debían regresar a la casa del árbol ese día. Jack se moría por saber a qué lugar los enviaría esta vez.

De un salto, salió de la cama. Se vistió de prisa. Metió el lápiz y el cuaderno dentro de la mochila. Y salió al pasillo.

Allí, tropezó con Annie. Ella ya tenía puesto pantalón vaquero y camiseta.

—¡Hoy es martes! —murmuraron los dos a la vez.

Rápidamente, bajaron por la escalera.

—¡Mamá, papá, regresaremos en unos minutos! —gritó Jack.

—¿No quieren desayunar, primero? —preguntó el padre desde la cocina.

—¡Cuando regresemos! —dijo Annie.

Salieron de la casa. Y corrieron bajo el radiante sol veraniego.

Una brisa suave acariciaba los árboles del bosque de Frog Creek. De pronto, los dos se detuvieron delante de un enorme árbol, el más alto de todos. En la rama más alta los esperaba la casa del árbol. Ambos se agarraron de la escalera de soga y empezaron a subir.

Sobre el suelo de la casa descansaba la nota de Morgana:

Queridos Annie y Jack:

Camelot está en problemas. Para poner

el reino a salvo, les pido por favor que busquen
estos cuatro escritos para mi biblioteca:

    Algo para seguir

    Algo para enviar

    Algo para aprender

    Algo para prestar

            Muchas gracias,

            Morgana

—Muy bien, ya tenemos el primer escrito, *algo para seguir* —exclamó Jack, agarrando la lista de la Guerra Civil.

—Y tenemos el segundo, *algo para enviar* —agregó Annie, sosteniendo la carta de la Guerra Revolucionaria.

—Tenemos que buscar el tercer escrito, *algo para aprender* —agregó Jack.

—Perfecto —dijo Annie, mientras agarraba un libro que estaba en un rincón—. Espero que no vayamos a otra guerra —agregó.

Ambos miraron el dibujo de la tapa. Era una pradera de altas hierbas de color verde.

El título decía: *La vida en la pradera.*

—¿Cómo? —dijo Annie—. Si ya fuimos a la pradera, allí conocimos a Halcón Negro.

—Sí —exclamó Jack, recordando al niño nativo americano.

Abrió el libro y vio un tren antiguo que cruzaba la pradera.

—Ah, ya sé —exclamó—. Los trenes empezaron a pasar por la pradera *después* de la llegada de los pioneros. Cuando nosotros fuimos, los nativos americanos eran los *únicos* habitantes.

—Entonces vamos a ir a la época de los pioneros —dijo Annie.

—Creo que sí —agregó Jack.

Señaló la cubierta del libro, y dijo:

—Deseamos ir a este lugar.

El viento comenzó a soplar.

La casa del árbol empezó a girar.

Más y más rápido cada vez.

Después, todo quedó en silencio.

Un silencio absoluto.

2
Señales de vida

Jack abrió los ojos.

Llevaba puesto pantalones con tirantes y una camisa. Su mochila, se había convertido en un bolso de cuero.

Annie llevaba puesto un vestido largo y una cofia de tela.

—Me gusta mi sombrero —dijo—. Me servirá para protegerme del sol.

—Pero, si está nublado —agregó Jack.

Los dos miraron a través de la ventana.

El cielo estaba cubierto de nubes.

La casa del árbol había aterrizado en una pequeña hilera de árboles, cercana a un riachuelo. Más adelante, se veía una extensa pradera. Verdes pastos y flores salvajes se mecían con el viento frío.

A lo lejos, avanzaba un tren echando humo negro sobre la pradera. Salían chispas por la delgada chimenea.

—¡Uy! —exclamó Jack.

Miró el dibujo del tren en el libro, y se puso a leer:

Después de la Guerra Civil, el gobierno de Estados Unidos construyó vías de ferrocarril para unir el este con el oeste. Ya en la década de 1870, la gente viajaba por la pradera de Kansas en locomotoras a vapor.

Jack sacó el cuaderno del bolso y tomó nota:

década de 1870 – trenes recorrían
pradera de Kansas

—Debemos irnos —dijo Annie—. Tenemos que encontrar el escrito para Morgana.

Y empezó a bajar por la escalera.

Jack guardó sus cosas en el bolso y la siguió.

Cuando llegó al suelo, miró hacia el oeste.

El tren ya se había ido. Sólo una delgada hilacha de humo flotaba en el cielo.

—¡Qué tren tan genial! —exclamó Jack.

Sí, y ése también —agregó Annie, señalando hacia el otro lado.

A lo lejos, avanzaba una larga hilera de carretas. La brisa inflaba sus lonas blancas.

Jack sacó el libro para investigar. Encontró una hilera de carretas, y se puso a leer:

Las familias viajaban hacia el oeste en carretas, el transporte más común de la época. Este medio permitía llevar ropa, herramientas, agua y comida.
A la hilera de carretas se la denominaba "caravana".

Con las lonas blancas, las carretas
parecían barcos cruzando el mar.
Por esta razón, también se las llamaba
"goletas de la pradera".

Jack contempló las carretas. Parecían barcos de vela atravesando el verde mar.

Luego, tomó nota:

Carretas cubiertas – goletas de la
pradera

—Acerquémonos para ver —dijo Annie. Y empezó a caminar por la hierba.

Jack guardó sus cosas y salió corriendo detrás de ella. El viento empezó a soplar fuerte. Las nubes se veían más oscuras.

—¡Espera! —dijo—. ¡Jamás los alcanzaremos!

Ambos se detuvieron. Jadeando sin parar, contemplaron la caravana mientras ésta se esfumaba en el horizonte.

Jack respiró hondo.

—¿Y ahora qué hacemos? —preguntó.

Sólo podía ver la distante hilera de árboles, con la casa del árbol en una de las copas.

Sin el tren y la caravana no había señales de vida. Ninguna cabaña de pioneros, ni tipis de los nativos americanos.

—¿Dónde buscaremos el escrito? —preguntó Jack—. Por aquí no hay nada.

—¿Ah, sí? ¿Y *áquello* qué es? —preguntó Annie.

Señaló una delgada chimenea oxidada que sobresalía de la cima de una pequeña colina.

De la chimenea salía una columna de humo negro.

—¡Oh, cielos! —exclamó Jack—. Eso, *definitivamente*, es una señal de vida.

3

Una escuela, un aula

—Vayamos a ver —dijo Annie. Ella y Jack subieron por la colina. En la cima vieron que la chimenea oxidada salía de un techo de madera.

Los dos fueron hacia el otro lado de la colina.

Debajo del techo había una puerta, que parecía entrar hacia el interior de la colina.

—¿Qué es esto? —preguntó Annie.

—Vamos a averiguarlo —sugirió Jack.

Buscó en el libro hasta que encontró una fotografía en blanco y negro. En ésta se veía una colina con la misma puerta.

Jack comenzó a leer en voz alta:

Debido a que en la pradera no
había muchos árboles, era muy
difícil encontrar madera. Por eso,
los pioneros construían sus casas

con ladrillos de tierra y pasto, que extraían del suelo de la pradera. En ocasiones, construían las casas emplazadas en las laderas de las colinas y se conocían como "refugios".

Jack agarró el cuaderno y tomó nota:

Ladrillos de tierra = bloques hechos
con tierra de las praderas

Refugio = casa de barro construida
en ladera de colina

Luego, siguió leyendo para su hermana:

Es común que en la pradera se formen tornados. Por esta razón, muchos de los refugios tenían sótanos subterráneos para que la gente pudiera guarecerse de los tornados.
En presencia de un tornado no hay sitio más seguro para refugiarse.

—¡Cielos! Tal vez veamos un tornado —exclamó Annie.

—Espero que no —agregó Jack—. Y continuó leyendo:

> **Los pioneros construían refugios para vivir en ellos. Cuando se mudaban, estas construcciones se utilizaban como escuelas, de un aula, con un sótano debajo.**

Jack tomó nota rápidamente:

Algunos refugios tienen sótanos para tormentas

—¡Uy! ¡Estamos en el lugar correcto! —dijo Annie.

Jack apartó la vista del cuaderno.

—¿A qué lugar te refieres? —preguntó.

—¿Cúal es el mejor lugar para buscar nuestro escrito, algo para aprender?

Jack sonrió.

—Una escuela —dijo.

Annie corrió hacia la puerta de madera y golpeó con fuerza.

Un momento después, una joven abrió la puerta. Tenía el pelo recogido en un moño, pero parecía no tener más de dieciséis o diecisiete años.

—Hola, soy Annie —dijo ella—. Y éste es mi hermano, Jack.

La joven abrió la puerta un poco más.

—Hola, Annie y Jack —dijo—. Soy la maestra, la señorita Nelly.

—¿Tú eres la maestra? —preguntó Jack. La señorita Nelly parecía muy joven como para ser maestra.

—¡Sí! —respondió ella, con una sonrisa—. Vamos, entren. La clase ya empezó.

4
Clase de lectura

En la escuela, el aire era cálido. Varias lámparas de aceite alumbraban el ambiente.

—Alumnos, les presento a Annie y a Jack —dijo la joven maestra.

"¿Qué alumnos?", pensó Jack.

Sólo había tres.

Uno de los niños parecía tener la misma edad que Annie. A su lado estaba sentada una niña, un poco más pequeña. En otro banco estaba sentado un niño bastante alto. Tenía un aspecto rudo.

—Bienvenidos. Hoy es nuestro primer día —dijo la joven maestra.

—¿Hoy comienzan las clases? —preguntó Annie.

—Sí, y nuestro primer día en este refugio. La familia que vivía aquí se marchó a California hace una semana —dijo la señorita Nelly.

Annie y Jack contemplaron el aula. Las paredes eran de tierra. El suelo de madera, estaba cubierto con una alfombra raída.

El escritorio de la señorita Nelly era un barril. Cerca de éste había una pequeña estufa de carbón. Sobre un cajón de embalaje había una jarra con agua, unas tizas y dos pequeñas pizarras negras.

—Me gusta la escuela —dijo Annie.

—Gracias. Eres muy amable —dijo la señorita Nelly—. ¿Y ustedes dónde viven?

—Bueno, nosotros... —dijo Jack. Luego se detuvo, no sabía qué decir.

—En realidad, no vivimos por aquí. Estamos de paso —dijo Annie.

—Ustedes deben de ser de la caravana que vi esta mañana —dijo la señorita Nelly.

Annie asintió con la cabeza.

Jack sonrió.

"Bien dicho, Annie", pensó él.

—Pero sólo podemos quedarnos un momento —agregó.

—Debe de ser emocionante para ustedes —dijo la señorita Nelly—. Ir al oeste en caravana. ¿Hacia dónde van, exactamente?

—California —dijo Annie.

—¡California! ¡Qué fantástico! ¿No les parece, niños? —preguntó la señorita Nelly.

—¡Sí, señorita! —dijeron los dos niños más pequeños.

El niño más grande apenas contestó.

—¿Ya han ido a la escuela antes? —le preguntó la señorita Nelly a Annie.

—Sí, señorita —respondió ella—. Los dos sabemos leer y escribir. Jack es *el mejor* lector del mundo. Ya lo verá.

—¡Cielos! ¿No es esto maravilloso, niños? —volvió a preguntar la señorita Nelly.

—¡Sí, señorita! —afirmaron los niños más pequeños.

El niño más alto miró a Jack con rencor.

—Yo no diría, el mejor —agregó Jack, modestamente.

—Yo amo la lectura —dijo la señorita Nelly—. Leo todo lo que llega a mis manos.

—Yo también —agregó Jack.

—Entonces, tal vez quieras iniciar nuestra primera clase de lectura del año —dijo la maestra.

—¡Por supuesto! —dijo Jack.

—Entonces siéntate con Jeb —dijo ella—. Y tú, Annie, siéntate con Kate y su hermano, Will.

Rápidamente, Will y Kate se movieron para que Annie se sentara con ellos.

Pero Jeb no se movió.

Jack casi no tenía lugar para sentarse. Respiró hondo y se sentó en la punta del banco.

La señorita Nelly le dio a Jack un libro.

—Éste es nuestro único libro de lectura. Se titula *McGuffey*. Por favor, Jack, lee las dos primeras líneas del poema de la página cincuenta —dijo la señorita Nelly.

—Oh, eee... sí, claro, señorita —dijo Jack.

Buscó la página cincuenta. Se ajustó los lentes, y comenzó a leer en voz alta:

"Estrellita, ¿dónde estás?
Quiero verte a ti brillar".

—¡Muy bien! Ahora pásale el libro a Jeb —dijo la señorita Nelly.

Jack le entregó el libro a Jeb.

—Jeb, por favor, lee las dos líneas siguientes —dijo la maestra.

El niño mayor se aclaró la garganta y se quedó mirando la página.

—Tal vez, Jeb no sabe leer —le dijo Will a la maestra, con tono compasivo.

El rostro de Jeb se enrojeció.

—¡Cállate, Will! —dijo, furioso.

—¡Oh! —exclamó la señorita Nelly, confundida.

Jack sintió pena por Jeb. Quería ayudarlo.

Casi sin mover los labios, Jack susurró:

"Esta noche allí estarás,

cual diamante brillarás".

Jeb miró a Jack muy enojado.

—No necesito tu ayuda —dijo.

—Jeb, no te enojes —intervino la señorita Nelly—. Y tú, Jack, por favor, no le des la respuesta.

—Perdón, señorita —dijo Jack.

La señorita Nelly sacó su reloj de bolsillo. Parecía cansada.

—¿Por qué no van a almorzar afuera? —dijo—. Yo me quedaré para preparar la próxima lección.

La señorita Nelly abrió la puerta del refugio. Annie, Kate y Will saltaron de sus bancos y salieron corriendo.

Jack miró a Jeb.

—Eh, perdón por lo que pasó —dijo.

Jeb lo miró fijamente, sin decir nada.

—¡Vamos, Jack! ¡Kate quiere que comamos con ellos! —dijo Annie, desde afuera.

Jack salió rápidamente. Sin darse la vuelta para mirar a Jeb.

5

¡Peleón!

En el aire, se sentía una quietud sospechosa. A lo lejos, aún se veían nubes oscuras.

—¡Viene una tormenta! —dijo Will.

—Comamos rápido, antes de que llueva —agregó Kate, y se sentó sobre la hierba.

Annie y Jack se sentaron junto a ellos.

Will abrió una pequeña bolsa y sacó cuatro extraños objetos, oscuros como piedras.

—¡Eh, tenemos una para cada uno! —dijo Kate.

—¿Una...qué? —preguntó Annie, intrigada.

—¡Batatas! —dijo Will. Y le dio una a Kate, una a Annie y otra a Jack.

—Ah, no gracias —dijo Jack—. No queremos dejarlos sin almuerzo.

—¡Hay para todos! ¡Tomen! —dijo Kate.

—¿Con qué las comen? —preguntó Annie, con la batata en la mano.

Kate se echó a reír.

—Sólo muérdela. Así… —dijo.

Kate y Will mordieron sus batatas como si éstas fueran dos ricas manzanas.

—¡Genial! —dijo Annie—. Y dio un buen mordisco a la batata.

Jack se quedó mirándola. No quería comer la batata fría, y con cáscara.

De pronto, vio a Jeb, sentado cerca de él. Al parecer, no tenía nada para almorzar.

Jack pensó en hablarle una vez más, para hacerse amigos.

—Oye, Jeb, yo no tengo hambre —le dijo—. ¿Quieres comerte la batata?

Jeb miró a Jack con desprecio.

—Habría traído mi propio almuerzo si hubiera querido —dijo.

—Claro, seguro —dijo Jack.

Jeb clavó la mirada en los ojos de Jack.

—¿Tratas de burlarte otra vez? —dijo—.
¡Vuelve a hacerlo y te daré un puñetazo!

Jack no podía creer lo que oía. Jeb tomaba
todo de mal modo.

—¡Eh, tú, deja en paz a mi hermano! —dijo Annie—. ¡Eres un peleón!

—¡Annie, no te metas en esto! —repuso Jack.

Jeb se echó a reír. Luego se puso de pie y regresó a la escuela.

Jack estaba enojado. Sólo quería encontrar el escrito para irse de una vez.

Will parecía haber leído la mente de Jack.

—No te preocupes por él —le dijo a Jack—. Jeb nunca ha ido a la escuela.

—Ah, entonces está avergonzado —dijo Annie.

—¿Por qué nunca ha ido a la escuela? —preguntó Jack.

—Porque tiene que trabajar en el campo —explicó Will.

—Jeb le dijo a la señorita Nelly que caminó cinco millas para llegar —agregó Kate—. Pienso que tenía muchas ganas de venir a la escuela.

—¡Uy! —exclamó Annie—. ¿Y ustedes también tienen que caminar?

—Sólo dos —contestó Kate.

—¿Dos, qué? — preguntó Annie.

—Dos millas —respondió Kate.

—¿Dos millas? —volvió a preguntar Jack.

Los niños de la pradera asintieron con la cabeza.

—Este lugar debe de ser muy solitario —dijo Annie.

Will y Kate volvieron a asentir.

—¿Ustedes viven en un refugio? —preguntó Jack.

—Antes sí —contestó Will—. Pero siempre estaba sucio. Entonces, mi papá construyó una de cabaña de leña.

—Cortó los árboles y la construyó él solo —explicó Kate.

Antes de que Annie y Jack hicieran otra

pregunta, estalló un trueno. Después, la lluvia empezó a caer.

Todos se levantaron de golpe.

—¡Vamos, entren! ¡De prisa! —dijo la señorita Nelly. Los niños entraron corriendo. El viento cerró la puerta de un golpe.

6

¿Ataque de langostas?

Dentro, el ambiente estaba seco y acogedor.

Jack volvió a sentarse en el banco. Pero no se atrevía a mirar a Jeb.

—Es hora de la lección de escritura —dijo la señorita Nelly—. Les voy a dar una pizarra y una tiza a cada uno.

Luego, ella abrió el libro de lectura, McGuffey.

—Mientras almorzaban copié un poema del libro —dijo—. Ahora quiero que ustedes lo copien.

La señorita Nelly alzó la pizarra para que todos pudieran ver bien:

Esta lección deberás aprender,

intenta una, intenta otra vez.

Si no lo consigues,

intenta otra vez.

Rápidamente, Jack comenzó a copiar el poema. De reojo, podía ver a Jeb, escribiendo muy despacio. Al niño más grande de la clase le llevó mucho tiempo hacer tan sólo la letra "E".

Jack empezó a escribir más despacio. No quería que Jeb pensara que quería hacerse el sabelotodo.

De pronto, sobre el techo se empezaron a oír golpes, como si arrojaran piedras.

—¡Oh, no! ¡Es un ataque de langostas! —gritó Kate, cubriéndose la cabeza.

—¡Nos atacan las langostas! —gritó Will y, también se cubrió la cabeza.

—¡Quédense en sus lugares! —dijo la señorita Nelly.

"*¿Qué es un ataque de langostas? ¿De qué hablan?*", se preguntó Jack.

Hasta Jeb parecía preocupado. Cuando la señorita Nelly fue hacia la puerta le dijo:

—¡No abra, señorita! ¡Se van a meter adentro!

"*¿Se han vuelto todos locos?*", pensó Jack. "Las langostas no hacen daño".

La señorita Nelly abrió la puerta y asomó la cabeza para mirar. Pero enseguida cerró la puerta.

—No hay problema —dijo—. Está cayendo granizo.

—¿Qué es eso? —preguntó Annie.

—Son pequeñas bolitas de hielo, lluvia

congelada. A veces, caen durante una tormenta —dijo la señorita Nelly.

—Kate y Will dijeron que eran langostas, ¿por qué? —preguntó Jack.

—Porque la primavera pasada *tuvimos* un ataque de langostas —explicó la señorita.

—¡Sí! Millones y millones de ellas salían del cielo, como una nube gigante —dijo Will.

—¡Y cubrieron cada pulgada del suelo! ¡Se comieron todo! —dijo Kate.

—Se comieron todos los cultivos —dijo Will—. Los nabos, los árboles frutales y las sandías.

—¡También se comieron nuestra ropa y las sábanas! —agregó Kate.

—¡Bhhh! —exclamó Annie.

—¡Oh, cielos! —dijo Jack—. Jamás había oído algo así.

—Fue muy aterrador —dijo Kate.

—Pero recuerden como volvimos a sembrar y todos trabajamos juntos —dijo la señorita Nelly.

Kate y Will asintieron con la cabeza.

—Tenemos que tratar de recordar los buenos momentos y dejar los malos atrás —agregó la señorita Nelly, con tono suave.

—Sí, señorita —afirmó Kate.

Todos se quedaron en silencio por un rato. Luego, el ruido del granizo cesó.

—Ahora volvamos a nuestra lección —dijo la señorita Nelly.

Todos se pusieron a escribir.

Jack no quería apurarse pero terminó primero. Luego, le mostró la pizarra a la maestra.

—Buen trabajo, Jack —dijo ella—. Todos podemos aprender de este poema, ¿no?

—Sí, señorita —respondió Jack.

—Eh, Jack, ¡ya lo tengo! —gritó Annie, de golpe—. *Algo para aprender.*

La señorita Nelly los miró, confundida.

Pero Jack sonrió. Él sabía de lo que hablaba su hermana: *Ya tenían el escrito. ¡Podían irse a casa!*

De pronto, Jack se puso de pie.

—Disculpe, señorita, pero, tenemos que irnos —dijo.

—¿Tan pronto? —preguntó la señorita Nelly.

—Sí, tenemos que regresar con nuestros padres —agregó Annie.

—¿Puedo llevarme la pizarra? —preguntó Jack.

—Sí, por supuesto —respondió la señorita Nelly—. Utilízala en el viaje a California, para practicar.

—¡Gracias! —dijo Jack con una sonrisa,

y guardó la pizarra en el bolso de cuero—. Aprendimos mucho, señorita.

—Me alegra que hayan tenido la oportunidad de venir a la escuela —dijo la señorita Nelly—. Adiós, les deseo mucha suerte.

—Mucha suerte para usted, señorita —agregó Annie.

—¡Adiós! —dijeron Will y Kate, a la vez.

—¡Adiós! —respondieron Annie y Jack.

Mientras salían, Jack miró otra vez a Jeb. Sentía pena por el niño. Trató una vez más de ser cordial.

—Adiós, Jeb —dijo.

—Pero él ni siquiera alzó la vista.

Jack cerró la puerta de la escuela suavemente.

De pronto, suspiró aliviado. Por fin se sentía libre de no tener que confrontar el enojo de Jeb.

—¡Qué extraño! —dijo Annie—. Mira el cielo.

Cuando Jack alcanzó a su hermana, se quedó sin habla.

El cielo se veía *muy* extraño. Realmente extraño.

7

¡Tornado!

Las nubes negras ahora se veían de un raro color verde. Todas parecían ir en direcciones diferentes.

—¿Crees que son las langostas? —preguntó Annie, nerviosa.

—No, creo que es otra de esas tormentas raras —dijo Jack—. Vámonos antes de que esto empeore.

Cuando iban hacia la casa del árbol, el viento se desató con fuerza.

Annie y Jack miraron el cielo. Las nubes casi tocaban la pradera.

—Me parece que va a pasar algo terrible —dijo Annie.

—¡Apúrate! —agregó Jack—. ¡Corre!

Los dos empezaron a correr por la pradera. Al pie de la escalera de la casa del árbol, miraron hacia atrás.

A lo lejos, como desprendiéndose del cielo, las nubes formaban un remolino con forma de embudo.

Luego, el oscuro embudo empezó a desplazarse en remolino por toda la pradera.

Jack sintió que el corazón se le salía del pecho.

—¡Es un tornado! —dijo.

—¡Oh, no! —gritó Annie.

El tornado giraba enloquecido, arrancando todo a su paso.

—¡Vámonos de aquí! —dijo Jack. Se agarró de la escalera y empezó a subir.

—¡Espera! —dijo Annie—. ¡Tenemos que ayudar a la señorita Nelly y a los niños!

—¡Ellos tienen un sótano para refugiarse!
—agregó Jack—. ¡Lo leí en el libro!

—¡Sí, pero es su primer día en el refugio!
¡Tal vez no lo saben! ¡Sobre el piso había una
alfombra! —dijo Annie.

"Annie tiene razón", pensó Jack. Pero se
quedó mirando la casa del árbol.

Sólo tenían que subir y marcharse. Y
estarían a *salvo*.

Pero, ¿y la señorita Nelly? ¿Y Will y Kate, y
Jeb?

—¡Está bien! —dijo Jack, y saltó de la
escalera—. ¡Regresemos!

Él y Annie salieron corriendo.

Y comenzaron a correr por la pradera,
veloces como dos rayos.

Con el rugido del tornado acechando por detrás.

De pronto, el viento los tiró al piso.

Jack se agarró de la hierba para pararse. Luego, ayudó a Annie a ponerse de pie.

Con todas sus fuerzas se abrazó a su hermana y empezaron a correr.

El rugido del tornado estaba cada vez más cerca.

A su paso, el viento arrancaba hierba y tierra. El ruido era ensordecedor.

Annie y Jack casi no podían mantenerse en pie. Finalmente, llegaron al refugio.

Trataron de abrir la puerta pero ésta ni se movió.

Golpearon a la puerta con los puños cerrados.

—¡Déjennos entrar! —gritó Annie.

Nadie contestó.

—¡No pueden oírnos! —gritó Jack.

Pero el ruido del tornado silenció su voz.

8

¡Todos abajo!

De pronto, las bisagras de la puerta se soltaron y, ¡ésta salió volando por el aire!

Jack agarró a su hermana y los dos se metieron en el refugio.

Adentro, los bancos estaban todos tirados. El aula era un caos.

La señorita Nelly y los tres niños estaban pegados contra la pared. Kate y Will gritaban sin cesar, con el viento azotando todo a su paso.

La señorita Nelly abrazaba a Kate. Jeb agarraba con fuerza a Will.

—¡Métanse en el sótano! —gritó Jack.

—¿Qué sótano? —gritó la señorita Nelly.

Annie y Jack corrieron la alfombra y la puerta del sótano quedó a la vista.

Trataron de abrirla, pero el viento soplaba con demasiada fuerza.

De repente, Jeb fue junto a ellos. Agarró la puerta y logró abrirla.

Will, Kate, la señorita Nelly y Annie bajaron por la escalera que llevaba al sótano.

Jack esperó a que Jeb bajara.

—¡Baja! ¡Apúrate! —gritó Jeb.

Jack empezó a bajar por la escalera.

Jeb bajó en último lugar. Cuando cerró la puerta, todos se quedaron a oscuras.

El tornado rugía con furia encima de sus cabezas, ¡como un tren a toda máquina!

Paralizado por el rugido del viento, Jack no podía pensar ni sentir.

Justo cuando creyó que el tornado lo devoraba, de pronto, el ruido se desvaneció.

Todo quedó en silencio.

Todos se quedaron callados, en medio de la oscuridad. Luego, Annie habló:

—¿Estamos vivos todavía? —susurró.

—Sí, eso creo —contestó la señorita Nelly.

9
Pasó lo peor

Jeb empujó la puerta del sótano y entró la luz del día. Luego, miró hacia afuera.

—Ya pasó lo peor —dijo.

Jeb salió gateando del sótano. Jack, Annie, Will, Kate y la señorita Nelly lo siguieron.

El cielo estaba gris. El tornado había arrancado el techo y se había llevado hasta la alfombra.

Todos se quedaron pasmados, mirando el lugar vacío.

La señorita Nelly sonrió.

—Bueno, al menos estamos a salvo —dijo.

Luego, todos salieron de la casa. El aire estaba pesado, cargado de polvo y hierba.

El tornado había dejado un ancho surco sobre la tierra y mucha destrucción. Todavía se podía verlo girando en el horizonte.

Todos se quedaron mirando mientras éste se volvía largo y delgado como una soga, hasta que se esfumó por completo.

La señorita Nelly miró a Annie y a Jack.

—¡Nos salvaron la vida! —dijo.

—¡Muchas gracias! —dijo Will.

—¡Muchas gracias! —agregó Kate, abrazando a Annie.

—En realidad, quien abrió la puerta del sótano fue Jeb —dijo Jack.

—¡Sí! ¡Gracias a ti, también, Jeb! —dijo la señorita Nelly.

El niño más grande, sólo frunció el ceño.

—Espero que puedan conseguir una escuela nueva —dijo Annie.

—Lo haremos —dijo la señorita Nelly—. Pasaron las langostas y volvimos a sembrar nuestros campos. Pasó el tornado y reconstruiremos nuestra escuela. Si al principio no puedes lograrlo, inténtalo una y otra vez.

Jack jamás había conocido a alguien tan valiente como la señorita Nelly.

—Usted es una buena maestra —le dijo, con timidez.

—Amo enseñar —dijo ella—. Es una labor que no tiene fin. Lo que uno le enseña a un niño vive en él para siempre.

—¡Eso es verdad! —agregó Annie.

Jack sonrió.

—Bueno, va a ser mejor que nos vayamos. Ahora, de verdad —dijo.

—¡Adiós! —Todos saludaron excepto Jeb.

Annie y Jack empezaron a caminar por la pradera, hacia la casa del árbol.

De pronto, alguien llamó a Jack.

Era Jeb.

—¡Espera! —gritó. Parecía molesto.

—¡Oh, no! —Jack respiró hondo. ¿Jeb todavía tenía ganas de pelear?

—¡Déjanos en paz! —gritó Annie, enojada.

—¡SSShh, Annie! Veamos qué quiere —dijo Jack.

Cuando estuvo cerca, Jeb miró a Jack a los ojos.

—¿Por qué regresaron? —preguntó.

—Queríamos advertirles que había un sótano para tormentas —explicó Jack.

—¿Y cómo supieron que había un sótano? —preguntó Jeb.

Jack sacó el libro del bolso.

—Lo leímos aquí —dijo.

Jeb se quedó mirando el libro. Luego, suspiró.

—Yo voy a aprender a leer algún día —afirmó—. Parece que éste es un buen libro.

Jack no sabía qué decir. Sólo asentía con la cabeza. No quería que Jeb se enojara.

—Mi papá y mi mamá eran muy pobres para ir a la escuela —dijo Jeb—. Pero ellos quieren que yo estudie. Creo que he comenzado un poco tarde.

—Aún estás a tiempo —agregó Jack.

—*Nunca* es tarde —repuso Annie.

Jeb se quedó pensando.

—Si alguna vez vuelven por aquí… —dijo.

—¿Si…? —preguntó Jack, con cuidado. No sabía si Jeb aún seguía enojado.

—Tal vez cuando vuelvan, yo pueda leer ese libro suyo —dijo Jeb.

Jack suspiró aliviado, y sonrió.

—Estoy seguro de que así será —dijo Jack.

Jeb le devolvió a Jack una amable sonrisa.

—Gracias por regresar para rescatarnos —dijo, mirando a Annie y a Jack—. Que pena que no puedan quedarse. Seguro nos haríamos buenos amigos.

—Estoy segura de eso —afirmó Annie.

Jeb asintió con la cabeza. Luego, regresó con sus compañeros.

De repente, el sol brilló entre las nubes. Una brisa suave acarició las flores salvajes.

—¿Estás listo? —preguntó Annie.

Jack seguía parado allí, contemplando la pradera llena de sol.

—¿*Jack?*, ¿estás listo? —preguntó Annie.

En ese momento, Jack odió la idea de irse. Pero, bajó la cabeza y agregó:

—Estoy listo.

Annie y él avanzaron por la resplandeciente

hierba. Ambos corrieron hacia la hilera de árboles, cercana al riachuelo.

Luego subieron por la escalera de soga y, rápidamente, entraron a la casa del árbol.

Annie agarró el libro de Pensilvania.

—Deseamos regresar a casa —dijo.

Esta vez el viento *no* comenzó a soplar.

La casa del árbol, simplemente, empezó a girar.

Más y más fuerte cada vez.

Después, todo quedó en silencio.

Un silencio absoluto.

10

El tercer escrito

Jack abrió los ojos.

La luz de la mañana inundó la casa del árbol.

Él y Annie tenían puesta su ropa.

—Estamos en casa —dijo Annie, sonriendo.

Jack miró por la ventana.

A lo lejos, vio su bonita y acogedora casa, el jardín, la acera, la calle pavimentada.

—Aquí la vida es más fácil que la de los tiempos de los pioneros —dijo Jack.

—Somos afortunados —agregó Annie.

Jack buscó dentro de la mochila y sacó la pequeña pizarra.

—Nuestro tercer escrito —dijo. Y colocó el

poema junto a la lista de la Guerra Civil y la carta de la Guerra Revolucionaria.

—Hiciste justo lo que dice el poema —dijo Annie.

—¿Qué quieres decir? —preguntó Jack.

—*"Si al principio no lo logras, inténtalo una y otra vez"* —dijo Annie—. Tú, trataste de hacerte amigo de Jeb una y otra vez. Y, al final, lo lograste.

—Creo que tienes razón —agregó Jack.

—Ahora sólo nos queda un escrito más para la biblioteca de Morgana —dijo Annie.

—Quisiera saber cómo unos escritos podrán salvar a Camelot —agregó Jack.

Annie se encogió de hombros.

—Eso es un misterio —dijo.

Ella y Jack contemplaron el interior de la casa del árbol.

—¡Mira! —Annie levantó un papel del piso. En voz alta, leyó lo que decía:

Regresen el miércoles por la mañana.

—¿Miércoles? ¡Pero, es *mañana*! —dijo Jack.

—¿Y qué? —preguntó Annie. Y empezó a bajar por la escalera.

—Tenemos poco tiempo para descansar —dijo Jack, agarrando la mochila.

—Descansar, ¿de qué? —preguntó Annie.

—Del tornado —dijo Jack.

—Ah, sí, ya me había olvidado de eso —agregó Annie.

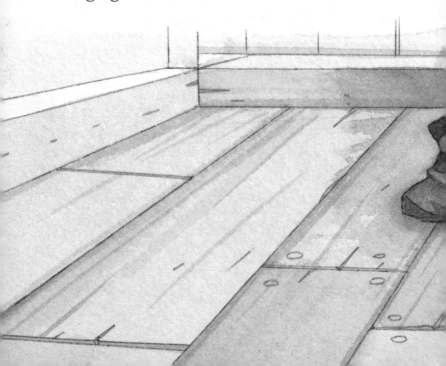

Jack sonrió.

La pesadilla del tornado también empezaba a borrarse de su memoria.

"Tenemos que tratar de recordar los buenos momentos y dejar los malos atrás", había dicho la señorita Nelly.

La simpatía de Will y de Kate, hacerse amigo de Jeb, el coraje de la señorita Nelly, estos recuerdos, Jack pensó, jamás olvidaría.

MÁS INFORMACIÓN SOBRE TORNADOS

* Los tornados son los vientos más veloces de la tierra.

* En ocasiones, estos llegan a alcanzar una velocidad mayor a las 200 millas por hora.

* Los tornados se desplazan en forma de remolino aspirándolo todo a su paso.

* Cada año, cerca de 1000 tornados azotan al territorio de Estados Unidos.

MÁS INFORMACIÓN SOBRE LA VIDA DE LOS PIONEROS DE LA PRADERA

Entre los años 1850 al 1890, miles de pioneros viajaron en carretas por el territorio de Norteamérica. La mayoría de ellos se dirigía hacia Oregón y California. Pero muchos se quedaron a vivir en la frontera de Kansas. Allí construyeron casas que a la vez eran refugios, y cultivaron la tierra. Estos primeros pobladores se enfrentaron a tormentas de viento y polvo, falta de agua y plagas de langostas. A pesar de estas penurias, crearon pequeñas escuelas para que los niños pudieran aprender a leer y a escribir. Allí, los alumnos recibían instrucción sin división por edades. Por lo general, los maestros tenían entre 15 y 16 años.

MÁS INFORMACIÓN SOBRE LOS LIBROS DE TEXTO DE LOS PIONEROS

Entre los años 1880 y 1890, los libros de texto más conocidos en Norteamérica eran los libros de lectura *McGuffey*. Estos textos fueron reunidos por William Holmes McGuffey, un maestro de escuela de Ohio. Los poemas *Mary Had a Little Lamb* (Mary tenía un corderito), *Twinkle, Twinkle, Little Star* (Brilla, brilla, pequeña estrella) y *If at First You Don't Succeed* (Si al principio no lo consigues) llegaron a formar parte de la cultura norteamericana.

El libro de ortografía *Webster* fue otro texto de referencia importante en las primeras escuelas norteamericanas. Personas que llegaban de todas partes del mundo aprendieron a deletrear palabras en inglés con este libro.